OBJETS D'ART

ET D'AMEUBLEMENT

TABLEAUX ANCIENS ET MODERNES

Bronzes, Argenterie, Pendules

MEUBLES ANCIENS

Tapisseries

PARIS, LE SAMEDI 9 MAI 1914

CATALOGUE

DES

Objets d'Art et d'Ameublement

TABLEAUX, AQUARELLES, DESSINS

Par, ou attribués à :

BELLANGÉ, BERGHEM, BOILLY, ROSA BONHEUR, BOUCHER, CHARLET, FICHEL, FRAGONARD
GUARDI, GUDIN, GUÉRARD (DE NANCY), LE GRECO
EUGÈNE LAMI, LARGILLIÈRE, LENFANT DE METZ, METZU, VAN DER MEULEN, PANINI
RAFFET, HUBERT ROBERT, TOURNIÈRES, WATTEAU DE LILLE, ETC.

ET DE DIFFÉRENTES ÉCOLES

GRAVURES, ALBUMS, RECUEILS DIVERS

Boîtes, Sculptures, Céramiques, Objets de vitrine, Objets variés

BRONZES, PENDULES, ARGENTERIE

MEUBLES ANCIENS

Secrétaire, Bureau, Consoles, Tables, Armoires, Vitrines, Clavecin
Stalles et Sièges, etc.

Commode portant l'estampille de SAUNIER

PETIT MOBILIER DE SALON EN ANCIENNE TAPISSERIE

TAPISSERIES

PANNEAUX DE VERDURES ET AUTRES

Écran et Sièges tissés et au point, Métrages de bordures

ET DONT LA VENTE AUX ENCHÈRES PUBLIQUES AURA LIEU

HOTEL DROUOT, SALLE N° 7

LE SAMEDI 9 MAI 1914

A 2 heures

COMMISSAIRE-PRISEUR

Mᵉ ANDRE COUTURIER

Successeur de M. Léon TUAL

56, rue de la Victoire

EXPERT

M. GEORGES GUILLAUME

13, rue d'Aumale

PARIS

EXPOSITION PUBLIQUE

Le Vendredi 8 Mai 1914, de deux heures à six heures

CONDITIONS DE LA VENTE

Elle sera faite au comptant.

Les acquéreurs paieront *dix pour cent* en sus des enchères.

Paris. — Imp. de l'Art, Ch. Berger, 41, rue de la Victoire.

DÉSIGNATION

TABLEAUX, AQUARELLES

DESSINS, GRAVURES, ALBUMS, RECUEILS

BAUMGARTNER (J.-B.)

1 — *Le Contrat.*

Toile. Signée à gauche en bas et datée : *1762.*

Haut., 49 cent.; larg., 40 cent.

BELLANGÉ (Hte)

2 — *L'Empereur et le Grenadier.*

Aquarelle.

BENOIST

3 — *Figures.*

Trois esquisses à l'aquarelle dans un cadre.

BERGHEM (École de)

4 — *Bestiaux et figures dans un paysage accidenté.*

Panneau dans un cadre en bois sculpté et doré.

Haut., 38 cent.; larg., 49 cent.

BERGHEM (Genre de)

5 — *Le Passage du gué.*
— *Bestiaux au bord d'une rivière.*

Deux panneaux se faisant pendants.

Haut., 23 cent.; larg., 30 cent.

BOILLY (L.)

6 — *Portrait de Jeune Femme coiffée d'un chapeau de paille.*

Panneau. Signé à gauche.

Haut., 22 cent.; larg., 19 cent.

BOILLY (D'après)

7 — *La Revue de Quintidi.*

Gravure en couleurs, par Levachez.

BONHEUR (Rosa)

8 — *Taureau.*

Toile. Signée à gauche en bas.

Haut., 23 cent.; larg., 34 cent.

BOUCHER (École de)

9 — *Le Réveil de Vénus.*

Toile dans un cadre doré à guirlandes.

Haut., 60 cent.; larg., 75 cent.

CHARLET

10 — *Turc assis.*

Esquisse à l'aquarelle. Signée à gauche en bas, dans un cadre en bois sculpté à fleurs.

Haut., 15 cent.; larg., 11 cent.

CHARLET

11 — *Tête d'Homme.*

Esquisse à la sépia. Signée à gauche.

FICHEL

12 — *Les Joueurs d'échecs.*

Panneau. Signé à gauche en bas.

Haut., 13 cent.; larg., 11 cent.

FRAGONARD (D'après)

13 — *Les Adieux de Napoléon à sa famille.*

Gravure en noir dans un cadre Louis XVI en bois sculpté, à perles.

GUARDI (École de)

14 — *Le Grand canal.*

Toile. Haut., 42 cent.; larg., 71 cent.

GUDIN

15 — *Marine.*

Toile. Signée à droite en bas et dédicacée.

Haut., 31 cent.; larg., 52 cent.

GUÉRARD (Eugène) de Nancy

16 — *Le Rapport.*

Esquisse à l'aquarelle.

Haut., 20 cent.; larg., 25 cent.

GUÉRARD (EUGÈNE) de Nancy

17 — *Le Passage du Saint-Bernard.*

Toile. Signée à gauche en bas et datée : *Mai 1837.*

Haut., 66 cent.; larg., 95 cent.

GUÉRARD (EUGÈNE) de Nancy

18 — *La Grand'Halte.*

Esquisse à l'aquarelle.

Haut., 27 cent.; larg., 48 cent.

GUÉRARD (EUGÈNE) de Nancy

19 — *Attaque d'un Village.*

Aquarelle. Signée du monogramme à gauche.

Haut., 23 cent.; larg., 38 cent.

GUÉRARD (EUGÈNE) de Nancy

20 — *Avant l'assaut.*

Toile. Signée à gauche en bas et datée : *1837.*

Haut., 30 cent.; larg., 45 cent.

GUÉRARD (EUGÈNE) de Nancy

21 — *Sujet militaire.*

Esquisse sur toile.

Haut., 31 cent.; larg., 40 cent.

GUÉRARD (EUGÈNE) de Nancy

22 — *L'Amazone.*

Aquarelle. Signée à droite en bas et datée : *1848.*

Haut., 24 cent.; larg., 31 cent.

GUÉRARD (Eugène) de Nancy

23 — *Le Bivouac.*

Importante aquarelle.

Haut., 34 cent.; larg., 46 cent.

GUÉRARD (Eugène) de Nancy

24 — *Cavalier.* — *Arabe à cheval.* — *Le Vieux Strasbourg.*

Trois aquarelles dans un cadre.

GUÉRARD (Eugène) de Nancy

25 — *La Promenade dans le parc.*

Esquisse sur carton.

Haut., 33 cent.; larg., 25 cent.

GRECO (Attribué au)

26 — *Archevêque en imploration.*

Toile. Haut., 34 cent. ; larg., 25 cent.

L. M.

27 — *Bataille du Premier Empire.* — *Episode de Guerre.* — *Un Brave.*

Trois pièces, aquarelles et dessin.

LAMI (Eugène)

28 — *La Charge.*

Esquisse à l'aquarelle.

LAMI (Attribué à Eugène)

29 — *Seigneur et son chien.*

Esquisse à l'aquarelle.

LARGILLIÈRE (Nicolas de)

30 — *Scène de lutte antique.*

Beau dessin au crayon noir rehaussé de blanc. Signé et daté.

Haut., 41 cent.; larg., 55 cent.

LENFANT DE METZ

31 — *Les Petits Espiègles.*

Panneau. Signé à gauche en bas.

Haut., 20 cent., larg. 15 cent.

LHERITIER

32 — *Acteurs du Palais-Royal.*

Dix portraits à l'aquarelle, en album.

MARIN-LAVIGNE

33 — *Scènes de batailles.*

Suite de quatre lithographies en noir.

METZU (École de)

34 — *Portrait de Femme en robe décolletée, le cou orné d'un rang de perles.*

Panneau. Haut., 29 cent.; larg., 23 cent.

MEULEN (École de VAN DER)

35 — *Chirurgien militaire soignant un officier blessé.*

Toile. Haut., 53 cent.; larg., 62 cent.

PANINI (Genre de)

36 — *Ruines sur un monticule. — Troupeau dans un paysage accidenté.*

Deux toiles se faisant pendants.

Haut., 52 cent.; larg., 75 cent.

PELLETIER-LAURENT

37 — *Bords de rivière.*

Peinture et gouache.

RAFFET

38 — *Cavalier.*

Petite esquisse sur panneau. Signée à gauche en bas.

Haut., 9 cent. 1/2; larg., 9 cent. 1/2.

RAFFET (École de)

39 — *Mort d'un général.*

Toile. Haut., 37 cent.; larg., 59 cent.

ROBERT (École de HUBERT)

40 — *Ruines animées de figures.*

Suite de quatre toiles décoratives.

Haut., 1 m. 45 cent.; larg., 85 cent.

STEUBEN (D'après)

41 — *La Bataille de Waterloo.*

Gravure en noir, par JAZET.

TOURNIÈRES (Attribué à)

42 — *Portraits de Jeunes Seigneurs.*

Toile. Haut., 36 cent.; larg., 45 cent.

VERNET (D'après CARLE)

43 — *Fuite de Mameluck. — L'Attaque repoussée.*

Deux gravures en noir par JAZET, se faisant pendants.

VERNET (D'après HORACE)

44 — *Arcole.*

Gravure en noir, par JAZET.

VERNET (D'après HORACE)

45 — *Le Maréchal Moncey à la barrière de Clichy.*

Grande gravure en noir, par JAZET.

WATTEAU (École de)

46 — *Portrait de Femme assise, coiffée d'un bonnet et tenant un éventail.*

Toile. Haut., 89 cent.; larg., 68 cent.

WATTEAU DE LILLE (École de)

47 — *La Bonne aventure.*

Toile. Haut., 1 mètre; larg., 80 cent.

WESTALL (D'après)

48 — *A Fern-cutter's child. — A Girl gathering Mushrooms.*

Deux gravures en couleurs se faisant pendants, par Bartoloti.

ÉCOLE FRANÇAISE (XVIIe siècle)

49 — *Portrait d'une Princesse en guerrière.*

Panneau à encadrement sculpté.

Haut., 32 cent.; larg., 27 cent.

ÉCOLE FRANÇAISE (XVIIIe siècle)

50 — *Amours parmi des lambrequins et des guirlandes de fleurs.*

Suite de trois toiles-dessus de porte dans des baguettes en bois sculpté.

Haut., 56 cent.; larg., 88 cent.

ÉCOLE FRANÇAISE DE L'EMPIRE

51 — *Bonaparte en Egypte.*

Petite aquarelle.

ÉCOLE FRANÇAISE DE L'EMPIRE

52 — *Femme et moine.*

Panneau dans un cadre en bois sculpté et noirci à palmes.

ÉCOLE FRANÇAISE DE L'EMPIRE

53 — *Scènes de batailles — Revues de troupes. — Sujets représentant l'Empereur ou son état-major, etc.*

Douze esquisses à l'aquarelle.

ÉCOLE FRANÇAISE (Commencement du XIXe siècle)

54 — *Études de têtes.*

Dessin à la mine de plomb.

ÉCOLE FRANÇAISE

55 — *La Toilette de Diane.*

Dessin à la plume rehaussé de lavis.

ÉCOLE FRANÇAISE

56 — *Cavaliers au galop. — Revue.*

Deux aquarelles dans un cadre.

ÉCOLE FRANÇAISE

57 — *Femme étendue.*

Panneau. Haut., 20 cent.; larg., 29 cent.

ÉCOLE FRANÇAISE

58 — *Bonaparte. — Napoléon.*

Deux toiles se faisants pendants.

Haut., 31 cent.; larg., 26 cent.

ÉCOLE FRANÇAISE

69 — *Louis XIV.*

Toile ovale collée sur panneau.

Haut., 40 cent.; larg., 33 cent.

ÉCOLE FRANÇAISE

60 — *Personnage de la Comédie italienne.*

Toile. Haut., 47 cent.; larg., 70 cent.

ÉCOLE FRANÇAISE

61 — *Portrait d'un Bailly.*

Toile ovale. Haut., 73 cent.; larg., 59 cent.

ÉCOLE FRANÇAISE

62 — *Sainte Famille dans un paysage avec ruines.*

Gouache.

Haut., 17 cent.; larg., 23 cent.

ÉCOLE DE 1830

63 — *Sujets d'Alsace.*

Deux aquarelles dans un cadre.

ÉCOLE DE 1830

64 — *Crenolines.*

Deux aquarelles dans un cadre.

ÉCOLE DE 1830

65 — *Entrée de village.*

Aquarelle.

Haut., 12 cent.; larg., 15 cent.

ÉCOLE DE 1830

66 — *Maisonnette au bord d'un lac.*

Panneau. Haut., 15 cent.; larg., 21 cent.

ÉCOLE DE 1830

67 — *Au Chevet d'un mourant.*

Toile. Haut., 60 cent.; larg., 49 cent.

ÉCOLE DE 1830

68 — *Chiens de chasse.*

Deux panneaux se faisant pendants.

Haut., 23 cent.; larg., 18 cent.

ÉCOLE DE 1830

69 — *Fruits sur une table.*

Toile dans un cadre en bois naturel sculpté à feuilles.

Haut., 53 cent.; larg., 65 cent.

ÉCOLE DE 1830

70 — *Pont-à-Mousson.*

Aquarelle.

Haut., 23 cent.; larg., 36 cent.

ÉCOLE ALLEMANDE

71 — *Vidrecome, Reliquaires, Joyaux.*

Toile. Haut., 1 m. 20 cent.; larg., 95 cent.

ÉCOLE ESPAGNOLE

72 — *Le Christ portant la croix.*

Panneau dans un cadre sculpté et doré, flanqué de colonnes engagées à chapiteaux.

Haut., 82 cent.; larg., 60 cent.

ÉCOLE HOLLANDAISE

73 — *La Madeleine en prières.*

Panneau. Haut., 54 cent.; larg., 42 cent.

ÉCOLE FRANÇAISE

74 — *Buste de Fillette portant un large col blanc.*

Panneau. Haut., 20 cent.; larg., 15 cent.

ÉCOLE HOLLANDAISE

75 — *Tobie et l'Ange.*

Deux panneaux ovales se faisant pendants, dans des cadres en bois sculpté et doré d'époque Régence.

Haut., 38 cent.; larg., 50 cent.

ÉCOLE HOLLANDAISE

76 — *Nature morte.*

Panneau. Haut., 54 cent.; larg., 42 cent.

ÉCOLE ITALIENNE

77 — « *Ecce homo* ».
— *La Flagellation.*
— *La Montée au Calvaire.*

Beau triptyque dans des moulures peintes et dorées, à inscription.

Dimensions du panneau central : 53 cent. sur 40 cent.
Dimensions des panneaux latéraux : 53 cent. sur 15 cent.

ÉCOLE ITALIENNE

78 — *Sujet religieux.*

Panneau. Haut., 54 cent.; larg., 25 cent.

ÉCOLE ITALIENNE

79 — *Christ en croix.*

Cuivre. Haut., 35 cent.; larg., 28 cent.

ÉCOLE ITALIENNE

80 — *La Vierge à la palme.*
— *La Vierge et l'Enfant.*

Deux cuivres se faisant pendants.

Haut., 18 cent.; larg., 14 cent.

ÉCOLE ITALIENNE

81 — *Moïse et les Tables de la Loi.*

Cuivre. Haut., 23 cent.; larg., 18 cent.

ÉCOLE ITALIENNE

82 — *Imploration.*

Toile dans un cadre en bois sculpté à fleurs.

Haut., 22 cent.; larg., 15 cent.

ÉCOLE ITALIENNE

83 — *L'Amour dormant.*

Ardoise ovale. Haut., 8 cent.; larg., 10 cent.

ÉCOLE ITALIENNE

84 — *Nativité.*

Toile dans un cadre en bois sculpté.

Haut., 31 cent.; larg., 40 cent.

ÉCOLE FLORENTINE

85 — *Sainte Catherine et saint Jean.*

Deux panneaux se faisant pendants dans des cadres sculptés à fenestrages et colonnes torses.

Haut., 33 cent.; larg., 25 cent.

(Vente de Valpinçon, Avril 1891.)

ÉCOLE VÉNITIENNE

86 — *La Fuite en Égypte.*

Panneau dans un cadre ajouré à feuillage.

Haut., 20 cent.; larg., 17 cent.

INCONNU

87 — *Attaque d'un château féodal.*

Toile dans un cadre en bois à colonnes et chapiteaux.

Haut., 45 cent.; larg., 24 cent.

INCONNU

88 — *Femmes et Enfants.*

Trois dessins à la plume rehaussés de lavis, dans un cadre.

INCONNU

89 — *Figures.*

Sept esquisses aquarellées dans un cadre.

90 — Petite aquarelle ovale, présentant le portrait de saint François d'Assise dans un cadre en bois sculpté et doré à nœud de ruban.

91 — Petite gouache rectangulaire, présentant le même sujet. Cadre en bois doré et ajouré, à feuillage.

92 — Petit carton renfermant un fort lot de lithographies en noir sur la jeunesse et la vie de Napoléon, et un lot de gravures en noir pour l'illustration des œuvres de Voltaire.

93 — Recueil : Traité sur les Blasons, avec reproductions à l'aquarelle; autre recueil de lithographies en couleurs, d'après GRANDVILLE et HENRY MONNIER.

94 — Fragment d'une édition des œuvres de Béranger, avec esquisses de figures à la mine de plomb.

95 — Grand volume renfermant une quantité de dessins et aquarelles par divers auteurs.

96 — Album en cuir violet, gaufré et doré, renfermant un lot de dessins et aquarelles, par ou attribués à GUDIN, CHARLET, GUÉRARD et autres.

97 — Album en cuir vert renfermant un lot de dessins et aquarelles, par ou d'après GUDIN, RAFFET, GUÉRARD, CHATELAIN, de SAINT-GERMAIN, FRANÇAIS et autres.

98 — Album renfermant sept aquarelles : Etudes de cavaliers et de chevaux.

BOITES, SCULPTURES

CÉRAMIQUES

OBJETS DE VITRINE, OBJETS VARIÉS

99 — Boite, de forme ronde, en or de couleurs gravé et ciselé, décorée d'une rosace et d'une guirlandes de fleurs. Époque Louis XVI.

100 — Boite, de forme ronde, en or, décorée au centre d'un quadrillage et au pourtour d'une guirlande de feuillages.

101 — Miniature ronde : Portrait de Femme en robe décolletée sur fond bleu. Signée : *Trignart 1804.*

102 — Christ en ivoire sculpté, appliqué sur fond de velours noir, dans un cadre mouvementé en bois sculpté à têtes d'anges sur des nuées, fleurs et feuillages. XVIIIe siècle.

103 — Coffret en cuir, renfermant quatre boites-marquoirs en ivoire gravé et peint, avec jetons.

104 — Deux plats ronds et douze assiettes en ancien étain, à moulures.

105 — Ancienne petite jardinière carrée en bois de placage, à montants cannelés et munie d'un tiroir; double fond en cuivre et anses en bronze ajouré.

106 — Tableau d'oratoire, offrant un médaillon en bas-relief peint avec rehauts d'or : La Vierge et l'Enfant Jésus se détachant sur un fond de peinture qui représente un homme à genoux et une Sainte femme tenant une banderole ; cadre italien d'ordonnance architecturale à ornements Renaissance en noyer partiellement doré, avec colonnettes, fronton et cul-de-lampe.

Vente de Valpinçon (avril 1891).

107 — Lot de cadres, baguettes et panneaux anciens en bois sculpté.

108 — Socle d'applique en bois sculpté et doré à attributs. Époque Louis XVI.

109 — Autre à mascaron.

110 — Autre à volutes.

111 — Console d'applique en terre cuite à cariatide.

112 — Deux statuettes en ancienne terre cuite, se faisant pendants : Minerve et Flore.

113 — Vase à anses en poterie étrusque, à personnages.

114 — Service de table en terre de Lorraine, comprenant un lot d'assiettes et de plats et deux soupières.

115 — Paire de vases, à figures et paysages sur fond doré, à anses-cygnes, en porcelaine de Paris. Époque Restauration.

BRONZES, ARGENTERIE

PENDULES

116 — Importante pendule en bronze patiné et doré; elle est composée d'un éléphant sur une plate-forme, celui-ci supportant un cadran à rocailles et fleurs surmonté d'une figure de singe.

117 — Pendule Louis XVI en marbre blanc et bronze doré, presentant un vase sur un fût de colonne.

118 — Pendule d'applique en marqueterie de cuivre sur écaille, ornée de bronzes à volutes et cariatides; elle est surmontée de quatre vases de flamme et d'un coq. XVIIe siècle.

119 — Curieuse pendule en bronze ciselé et doré, présentant un sujet : Le Gourmand. Époque Empire.

120 — Pendulette en marbre noir et bronze, à sujet de fontaine flanquée de griffons. Époque Empire.

121 — Pendule en bronze ciselé, formée d'un socle doré à bas-relief et d'une figure patinée : Napoléon, en pied, appuyé au cadran. Époque Restauration.

122 — Deux beaux candélabres en bronze finement ciselé, formés de rameaux de feuillage, supportant trois lumières, au milieu desquels, sur une plateforme, se trouvent des statuettes de personnages chinois en ancienne porcelaine de Saxe.

123 — Paire de candélabres en bronze ciselé à quatre lumières, posant sur trois pieds à sphinx et lambrequins.

124 — Candélabre de bouillotte à trois lumières en bronze ciselé et doré, à pied-corbeille; il est muni d'un abat-jour mobile en tôle décorée.

125 — Applique en bronze ciselé, en forme de panier supporté par un nœud de ruban; elle est ornée de fleurettes en porcelaine de Saxe.

126 — Petit buste de Napoléon lauré en bronze doré.

127 — Figure de Napoléon en bronze doré, sur base patinée.

128 — Bas-relief en bronze ciselé dans un cadre à moulures : La Résurrection.

129 — Deux têtes de chenets en bronze ciselé; modèle à cariatides de femmes.

130 — Statuette en bronze patiné : La Femme au miroir. Signée : *Théodore Rivière.*

131 — Trois grandes bassines en cuivre.

132 — Sucrier, forme vase à anses, surmonté d'une abeille et orné de figures, en argent ciselé. Époque Directoire.

133 — Grande cafetière en argent ciselé, à palmes et pieds-griffes; bec à tête de cheval. Époque Directoire.

134 — Porte-huilier en argent ciselé ; modèle à pampres, mascarons et colombes. Époque Directoire.

135 — Deux moutardiers, quatre salières simples et deux doubles en argent ciselé, assortis au porte-huilier.

136 — Quatre pièces de service en argent gravé et ajouré; manches en bois.

137 — Quatre petites pelles à sel en argent, forme coquille.

MEUBLES

SIÈGES COUVERTS EN TAPISSERIE

138 — Petite commode en bois de violette et bois de rose, ornée de bronzes ciselés et munie de trois rangs de tiroirs; elle est couverte d'un marbre rouge veiné et porte l'estampille de *Saunier*. Époque Louis XV. (Certains bronzes sont rapportés.)

139 — Secrétaire en marqueterie de bois fruitier à cubes, torsades et cannelures; il est muni de deux portes, un abattant et un tiroir. Ancien travail de l'Est.

140 — Petit bureau « Bonheur-du-Jour » en bois de rose marqueté à filets et surmonté d'une galerie de cuivre. En partie d'époque Louis XV.

141 — Petit meuble en marqueterie de bois de rose à quadrillages muni d'un tiroir, d'un volet coulissé et couvert d'un marbre blanc. En partie d'époque Louis XVI.

142 — Deux armoires en acajou, filetées de cuivre, et fermant à une porte. Travail anglais du début du XIXe siècle.

143 — Coiffeuse en bois de rose ornée de bronzes et posant sur pieds cambrés. Époque Louis XV. (En partie replaquée.)

144 — Console en bois sculpté et redoré, à coquilles volutes et guirlandes, posant sur quatre pieds à croisillon; dessus en marbre brèche. Époque Régence.

145 — Glace à cadre de bois sculpté et doré, allant sur la console précédente.

146 — Table rectangulaire en acajou, posant sur pieds-lyres à double traverse d'entrejambes; elle est ceinturée sur trois faces d'une moulure en cuivre et munie d'un pupitre mobile ainsi que d'un tiroir et d'une tirette à double face. XVIIIe siècle.

147 — Table mouvementée en acajou munie d'un tiroir et posant sur pieds ajourés réunis par une traverse. Époque Louis XV.

148 — Petite table à déjeuner en acajou, posant sur pieds cannelés et couverte d'un marbre; elle porte, sur un tiroir latéral, l'estampille de *Ribere*, avec le poinçon de maître ébéniste. Époque Louis XVI. (A subi des restaurations.)

149 — Table hollandaise en marqueterie de bois clair à fleurs.

150 — Table à pieds X en marqueterie d'ivoire à cubes et rosaces. Travail arabe.

151 — Coffre à bois en chêne à fenestrages, muni de poignées en fer forgé.

152 — Grand coffre ancien en fer forgé, orné de motifs divers et de clous ; il est muni à l'intérieur d'une serrure ouvragée.

153 — Coffre à haut dossier, en chêne sculpté, formé de panneaux anciens, séparés par des montants plats.

154 — Autre analogue, plus grand.

155 — Grande armoire en noyer sculpté à moulures, guirlandes, attributs et oiseaux, munie de deux portes. Époque Louis XV.

156 — Grande vitrine à deux corps en bois sculpté, présentant des bustes et deux figures fantastiques au fronton, ainsi que des colonnettes à chapiteaux.

157 — Clavecin en acajou orné de bronzes ciselés et dorés, à couronnes et bagues. Fin du XVIIIe siècle.

158 — Chevalet en bois satiné à cols de cygnes. Époque Empire.

159 — Écran en bois sculpté à feuillages et coquilles ; feuille en ancienne tapisserie d'Aubusson décorée de pavots sur fond crême.

160 — Paravent Louis XIV, à quatre feuilles ornées de peintures présentant des cavaliers réservés sur fond à coquilles, lambrequins et guirlandes.

161 — Grande glace italienne en bois ajouré et doré à mascarons et figures d'anges.

162 — Petit mobilier de salon en bois sculpté et doré, couvert d'ancienne tapisserie d'Aubusson, à personnages aux dossiers et animaux aux sièges, dans des rinceaux fleuris sur fond rouge; il comprend : un canapé et deux fauteuils. (Le bois du canapé est moderne, les bois des fauteuils sont anciens sauf la ceinture antérieure.)

163 — Grand canapé en bois doré à feuillage, couvert d'ancienne tapisserie présentant des médaillons au point de Saint-Cyr à paysages et personnages, sur fond de point plus gros à grands ramages.

164 — Grand canapé-bateau en bois peint noir, à moulures et feuillage d'époque Louis XV, posant sur huit pieds cambrés.

165 — Petit canapé en bois sculpté et doré, à fleurs et feuillage, couvert de soie brochée à rayures et entrelacs. XVIIIe siècle.

166 — Petit canapé en bois peint blanc, en partie d'époque Louis XVI, couvert de tapisserie au point de soie, à fleurs et palmes sur fond crème.

167 — Bergère à oreilles en bois naturel mouluré, à cannelures. Époque Louis XVI.

168 — Beau fauteuil en bois sculpté et redoré, d'époque Louis XV, portant l'estampille de *Sené le père*, et recouvert d'ancienne tapisserie d'Aubusson à gros pavots sur fond bleu. (Il est muni d'un coussin mobile.)

169 — Deux grands fauteuils du XVIe siècle en bois naturel, surmontés de coquilles; ils sont couverts de velours rouge brodé d'or.

170 — Grand fauteuil en bois sculpté à feuillage et rocailles, couvert de brocatelle à fond vert. Époque Régence.

171 — Deux grands fauteuils en bois sculpté, à feuilles et coquilles, couverts de tapisseries d'Aubusson à vases fleuris sur fond crème et contrefond bleu. Époque Régence.

172 — Fauteuil à haut dossier, posant sur pieds à boules et muni de bras à feuillages, d'époque Louis XIII; il est recouvert de tapisserie au gros point à fleurs.

173 — Fauteuil en bois sculpté et doré, de style Louis XV, couvert d'ancienne tapisserie au point à bouquet et vase fleuri sur fond bleu et contrefond jaune.

174 — Fauteuil en bois sculpté à fleurs et redoré, d'époque Louis XV, couvert d'ancien taffetas broché à bouquets, volatiles et insectes sur fond vert.

175 — Deux grands fauteuils rustiques foncés de paille.

176 — Trois fauteuils en bois peint, d'époque Directoire, recouverts d'ancienne tapisserie au point à fleurs, guirlandes, médaillons et attributs sur fond crème (deux sont semblables, par le décor de tapisserie).

177 — Deux chaises en bois naturel sculpté à fleurs et feuillages, foncées de canne. Époque Régence.

178 — Grande banquette en bois sculpté, formée de panneaux anciens et munie d'accoudoirs à lions couchés.

179 — Stalle en bois sculpté, présentant au dossier un bas-relief à nombreux personnages du XVIe siècle ; elle forme coffre dans le siège.

TAPISSERIES

180 — Tapisserie d'un beau coloris, présentant des échassiers dans un paysage accidenté avec fond de château ; fontaine et cours d'eau au premier plan ; bordure à fleurs rouges sur fond noir. Aubusson, XVIIIe siècle.

Haut., 2 m. 45 cent.; larg., 3 m. 60 cent.

181 — Tapisserie-verdure, présentant au premier plan de nombreux arbres et des plantes grasses et, plus loin, un château fort au milieu d'une pièce d'eau où s'ébattent des cygnes. Flandres, XVIIIe siècle.

Haut., 3 m. 10 cent.; larg., 1 m. 60 cent.

182 — Tapisserie, présentant un paysage verdoyant et accidenté, animé de personnages. Flandres, XVIIIe siècle.

Haut., 2 m. 20 cent.; larg., 1 m. 75 cent.

183 — Tapisserie-verdure, formée de deux portières. Aubusson, XVIIIe siècle.

184 — Autre du même genre, formée également de deux portières, mais avec bordure.

185 — Portière en tapisserie, présentant un arbre entouré de plantes grasses, avec perspective de château dans un paysage montagneux. Aubusson, XVIIIe siècle.

Haut., 2 m. 85 cent.; larg., 1 m. 34 cent.

186 — Environ neuf mètres de bordure en ancienne tapisserie d'Aubusson, à fleurs, fruits et entrelacs de rubans.

187 — Bandeau en tapisserie d'Aubusson, à fleurs et feuillage sur fond jaune. XVIIIe siècle.

188 — Dessus de coffre et bandeau de cheminée en peluche et velours, ornés chacun d'une bande de tapisserie à franges, fleurs et fruits sur fond jaune. Époque Renaissance.

189 — Deux carpettes d'Orient à décors variés.

190 — Objets omis.

www.ingramcontent.com/pod-product-compliance
Ingram Content Group UK Ltd.
Pitfield, Milton Keynes, MK11 3LW, UK
UKHW020215180726
13838UKWH00005B/2008